KB157873

한국 희곡 명작선 ₁₁₁

인구론

한국 희곡 명작선 111

인구론

최준호

평민사

죄

준

호

인구론

등장인물

이우진(남성) : 서울법대 출신 32살 백수, 사법고시 10수 장수생
권정미(여성) : 어학전공의 외계인 백수, 지구로 온 원정 취준생
김혜진(여성) : 국정원 외계정보부 국장
강희진(여성) : 이우진의 전 여친 (김혜진과 배역이 같다)
방정민(남성) : 국정원 요원, 직속상관인 김혜진과 함께 투탑 무능
　　　　파트너
알락스칸쉬트라(남성) : 권정미의 전 남친(방정민과 배역이 같다)

프롤로그

이우진이 고등학생 교복을 입고 상패와 꽃다발을 들고 있다. 여기저기서 이우진에게 박수를 보낸다. 이우진은 기대와 설렘이 가득한 얼굴로 관객들을 바라본다.

교장　(목소리만) 위 학생은 금년 대학수학능력시험에서 전국 석차 3등의 빛나는 성적으로 서울대학교 법과대학에 입학하여 우리 강서고등학교의 위상을 만방에 빛내 이 상을 수여한다.

이우진　감사합니다!

교장　(목소리만) 그대는 강서고의 자랑이자 강서구의 자랑! 미래 대한민국의 자랑이어라!

우레와 같은 박수 소리.

학생1　(목소리만) 인간 같지 않은 새끼.

학생2　(목소리만) 저 머리 10 프로만 나한테 줬으면…

자신만만한 이우진의 표정.

학생3 (목소리만) 아버지, 어머니 둘 다 고졸이라는데 집안 일으키겠네.

학생4 (목소리만) 난 전교 3등인데 아무도 관심 없네.

학생1 (목소리만) 전국 석차 3등이랑 우리 학교 3등이랑 같니? 새끼야? 우리 학교 대표적인 꼴통 학교인데…

학생2 (목소리만) 더러운 세상. 문과지? 저 새끼? 인공지능 시대 빨리 와서 저런 인간미 없는 새끼 망해라.

이우진은 비웃는다.

이우진 하찮은 것들이 조잘조잘… 난 잘 될 거야.

박수 소리가 점점 작아진다.

이우진 (강박적으로) 졸업 전에 사시 붙고… 다음에 연수원 들어가고… 다음에는 검사가 되고… 집안 좋은 여자 만나고… 부모님 호강시켜 드리고…

박수 소리가 완전히 멈춘다.

이우진 (공허한 표정) 다음에는… 뭐가 있지…? 다음부터는 배운 적이…

1막

강서구의 어느 뚝방길, 십수 년의 세월이 흘러 어느덧 32살이 된 이우진이 뚝방 벤치에 앉아 질질 짜면서 통화를 한다. 우진의 옆자리에는 소주 3병과 닭똥집 참기름 볶음이 있다.

이우진 (궁상맞게) 희진아! 잘못했어!

강희진 (목소리만) 아니! 이제 끝났어!

이우진 이제 전화 안 할 게. 진짜 일주일간 참을게!

강희진 (목소리만) 됐어! 이틀도 못 참는 조급한 남자한테 어떻게 인생을 맡겨!

이우진 (온몸의 깃든 찌질함을 끌어올려) 희진아! 나 그냥 공기업 볼게. 사시 1차는 늘 붙으니까 공기업은 그냥 붙어!

강희진 (목소리만) 야! 누가 그것 때문에 헤어진대? 왜 날 속물년으로 만들어?!

이우진 (혼수상태에 가까운 상황에서 닭똥집 하나를 입에 넣고 오물거리며) 솔직히 수순이지?

강희진 (화가 머리끝까지 나) 이 상황에 그만 처먹어!

이우진 (콧물 한번 닦고) 미, 미안… (다시 진지하게) 근데 네 멋대로 일주일 동안 연락하지 말라 통보했잖아! 내가 너무 힘들어 이틀 만에 연락했는데 그거 때문에 헤어지는 게 말이 돼?

9

강희진 (목소리만) 내가 얼마나 답답했으면 그랬겠니?

이우진 (말문이 막혀 콧물을 닦고 소주를 들이키며) 희진아…

강희진 이미 두 달 전부터 마음이 떠났어! 아니라고 계속 부정해 왔어! 이젠 더는 못 참겠어! 끝내!

사이.

이우진 (겨우 숨을 가다듬고 닭똥집을 한 입 오물거리며) 그래. 희진아… 행복하고… 과분한 사랑 줘서…

강희진 찌질이 새끼…

통화가 끊긴다. 이우진 밤하늘에 떠 있는 별을 바라보고 절규에 가까운 통곡을 한다. 그 절절함이 흡사 나라를 잃은 장수와도 같다.

이우진 (찌질함의 경지) 그래서 내가 엄마한테 사시는 이제 그만한다고 했는데!!

이우진은 자리에서 일어나 뚝방 물길로 향한다. 물길은 이우진의 비통한 심정을 아는지 모르는지 유유히 흐르고 있다.

이우진 (뚝방 물길을 향해 포효에 가까운 절규) 정부 이 개새끼들아!! 왜 사시를 없애고 지랄이야!! 로스쿨 갈 돈 없는 나 같은 새끼는 어쩌라고!!

찌질 게이지 1000프로를 꽉 채운 이우진은 뚝방 길에 설치된 난간을 넘는다. 그렇다! 그는 흐르는 물줄기와 함께 대자연과 물아일체가 되길 원하고 있다!

이우진 (죽는 순간까지 구질구질) 희진아… 오빠가 간~~~~ 다 ~~~~~!

순간 하늘에서 굉음이 들린다. 푸른색 빛줄기의 뭔가가 빠른 속도로 뚝방 물가를 향해 내려온다. 가까워지면 질수록 빛줄기는 윤곽이 보이는데 흔히 우리가 알고 있는 UFO(미확인 비행물체)의 모양이다.

이우진 (보고도 믿기지 않아) 에이 설마… 소주 3병이 역시 무리였나?

우진의 눈앞에 떨어지는 그것. 역시 UFO였다.

이우진 (혼비백산) 아놔 시발!

비행물체에서 문으로 보이는 게 열리더니 무언가 나온다.

게르간투스 (콜록거리며 알 수 없는 외계어) !@#$@!#%!%##@#$

푸른색 피부에 160대 후반의 여성체형, 피부색만 제외하면 영락

없는 인간 여성이다.

이우진   (넋을 놓고 바라보다) 예뻐! (정신을 차리고) 아니 그게 중요한
게 아니라!!

소리치는 이우진을 발견한 외계인은 순식간에 왼쪽 귀의 무언가
를 눌러 동북아시아인의 피부색으로 바꾼다.

게르간투스   !@#$!@#@!#$

알아들을 수 없는 외계어, 그녀도 그걸 알아차렸는지 황급하게
언어를 바꾼다.

게르간투스   (다급하게) 나 외계인 아니야!

사이.

이우진   (멍하니) 안 물어봤어.
게르간투스   아 그렇지! (자기 머리를 쥐어박고) 팔푼이 같은 년!
이우진   (소주 3병을 빨아서 그런지 이 상황이 공포보다 신비로움이 가득한)
와 외계인이 한국말을 하네? 뉘앙스도 한국인이네?
게르간투스   명문대 통대 나왔어.
이우진   통대?

게르간투스　통역 대학교의 약자.

이우진　(어린아이 표정) 단어도 한국적으로 줄이네?

사이.

게르간투스　(그저 체념하는) 그래. 나 외계인이다. 이름은 게르간투스, 잘
　　　　　　부탁해.

이우진　게르… 뭐? 게르만족?

게르간투스　가시나 이름이 네가 봐도 이상하지? 그래서 준비했지.

외계인은 이우진에 위조된 주민등록증을 보여준다.

이우진　(주민등록증을 바라보며) 디테일하네. 권정미?

게르간투스　거주할 이름이야.

이우진　문서위조학과냐?

게르간투스　(혀를 차며) 철 지난 영화 대사를…

이우진　(같은 문화를 공유한다는 것이 반가워) 너도 봤어?

게르간투스　백수니까 영화는 많이 보더라.

사이.

이우진　(당황, 무언가 알 것 같은) 야 너 한국 왜 왔어? 통대라고 했지?
　　　　　　혹시…

권정미   (머뭇거리다 한숨을 쉬며) 너 그 단어 알아? 인구론이라고…

차가운 바람이 부는 소리, 둘은 말로는 표현할 수 없는 우주적 공감대가 느껴짐을 확인한다.

이우진   인문계…
권정미   구십 프로가…
이우진   론다.

사이.

권정미&이우진   (동시에) 시발!

둘은 비참하면서도 뭔가 시원함에 웃음 나온다.

이우진   한 잔 콜?
권정미   (주변에 소주와 음식을 보고) 또 먹어?
이우진   이제부터 발동이야.
권정미   (생각 좀 하다) 그래. 나 주당이다?
이우진   곱창 맛집 알아.
권정미   (음식이 닭똥집인 것을 확인하고) 먹었잖아.
이우진   저건 똥집이고…
권정미   (피식) 특이하네? 가자!

이우진의 인도 아래 둘은 곱창 맛집으로 향한다.

이우진   근데 왜 반말? 몇 살이야?

권정미   31살, 엄마가 시집가라고 아주 그냥…

이우진   나 32살.

권정미   (웃으며) 미안해요.

이우진   됐어. 그냥 오빠라고 불러봐.

권정미   지랄.

둘은 퇴장한다.

― 막간 ―

국정원 외계정보부, 국정원 요원인 방정민은 최신 레이더망 기기로 무언가를 탐색한… 말이 탐색이지 손에 컵라면과 나무젓가락을 들고 있고 옆에는 맥주캔 있고 아주 개판.

방정민   (라면을 후루룩거리며) 아놔… 이 부서 언제 해체되냐. 아무 짝에도 쓸모없는 거… 철밥통이라 부서만 옮기면 장땡인데… (살짝 취해 키득거리면) 혜진이만 망하는 거지. (무언가 발견하고) 어? 어? 어어어어?! 구우우우우욱자아아아앙니이이이이임!!!!!

외계정보국장 김혜진 등장, 이쪽도 개판이라 얼굴에 팩도 붙이고 맥주캔도 시원하게 들이킨다.

김혜진 (맥주를 마시며) 또 취했냐? 세금 도둑 새끼, 뭐 어차피 없어
질 부서지만… (피식거리며) 아니면 UFO라도 불시착…

방정민 맞습니다!

김혜진 (미친 듯이 당황하는) 뭐?!

김혜진은 너무 놀라 맥주가 살에 걸려 죽어가듯 콜록거리는 와중
에도 부여잡고 방정민에게 다가간다.

방정민 괜찮…

김혜진 (자르며) 봐봐!!

레이더망을 확인한 김혜진. 짐승과도 같은 포효를 지른다.

김혜진 우리 부서는 살았다아!!!

방정민 일단 상부에 보고를…

김혜진 (방정민의 뒤통수를 가격하며) 닥쳐!

방정민 (억울해서) 왜 때립니까?

김혜진 안 그래도 실적 안 나와 망해가는 부서인데 윗 대가리들
에게 알리면 보나 마나 공만 빼먹지! 거기다 비공식 부서
라서 없애도 국민이 몰라! 그렇게 주변머리가 없으니까

이딴 SF 소설 같은 부서에 온 거 아니야!

방정민   (한 마디를 안 지는) 그건 국장님도 마찬가지…

김혜진   (또 방정민의 뒤통수를 갈기며) 하극상이야!

방정민   (의기소침) 죄송합니다!

김혜진   현실성 없는 윗 대가리들… (성대 모사하며) '왜 우리는 미국 외계정보부처럼 못합니까?' 이 지랄을 했는데 드디어 월 척이 걸리는구나!

방정민   근데 외계인 조종사는 대부분 엔지니어들인데 이렇게 불안정한 비행을… (실실 쪼개며) 혹시 인문계 외계인 아 니에요?

화가 머리끝까지 난 김혜진은 아예 주먹으로 방정민의 뒤통수를 친다.

김혜진   (짐승의 포효와 함께) 재수 없는 소리 하지 마! 새끼야!

방정민   (머리를 긁적이며) 농담입니다. 설마 외계에 인문계라는 개념 이 있겠습니까?

김혜진   그 재수 없는 소리 다시는 하지 마! (언제 그랬냐는 듯 취기에 방정민을 안으며) 우리가 해냈어!

방정민   (둘 다 취해) 브라보!

둘은 서로 춤을 추며 기쁨을 만끽한다. 이때만 해도 방정민의 농 담 100프로가 진짜일지는 방정민 자신도 몰랐다.

2막

이우진의 방. 온갖 것들이 이리저리 어질러져 있는 전형적인 백수 남성의 자취방이다. 우진은 침대에서 퍼질러 자다가 머리를 싸매고 일어난다.

이우진 (두통에 표정을 찡그리며) 너무 마셨어.

주의를 바라보니 마룻바닥에 소주 4,5병에 스낵, 인스턴트 식품들이 있다.

이우진 (스스로가 한심하여) 죽어야지 그냥… (어제 일이 대강 떠올라 웃음) 오지게 참신한 꿈이었다. (발상의 전환, 화색이 돌며) 잠만? 외계인이 백수가 꿈이면 희진이랑 헤어진 것 꿈…?

이우진은 강희진에게 통화하려고 폰을 집어 든다.

권정미 (목소리만) 지랄하네.
이우진 (당황) 뭐?!

화장실 문이 열리고 권정미가 나온다. 정미는 목욕했는지 몸에

수건만 두르고 입에는 칫솔을 물고 있다.

권정미   (오물오물) 편의점 칫솔 쓸데없이 비싸네.

비명을 지르는 이우진.

권정미   (덩달아 비명 뒤) 놀랐잖아!
이우진   (울먹이며) 희진이랑 진짜 헤어진 거야?
권정미   (한숨) 외계인의 존재유무보다 그게 더 우선순위야?
이우진   (통곡) 희진아!
권정미   페북이랑 인스타도 다 차단했는데 포기해. 딱 봐도 환승
　　　　　각인데 무슨…
이우진   네가 그걸 어떻게 알아?!
권정미   (칫솔을 빼고) 여기서 4차까지 쳐 마셨잖아. 오빠 폰으로 수
　　　　　십 번은 보여줘 놓고… 아 됐고 (손가락으로 이우진 주위에 있
　　　　　는 가방을 가리키며) 저것 좀 던져줘.
이우진   (가방을 들고) 이게 뭔데?

우진이 가방을 뒤져보려는 순간, 권정미가 칫솔을 던져 이우진의
머리에 명중시킨다.

권정미   (대노하는) 여성용품이야!
이우진   (정미의 기에 압도당해) 미안해.

19

권정미	알았으니까 던져.
이우진	(주절주절) 내가 절대 여성용품이나 보는 변태는 아니고…
권정미	(저기압) 던지라고.
이우진	(자기 말만) 우리 집에 뭔가 내 소유물이 아닌 게 있어서 뭔가 해서…
권정미	(답답함에 도저히 참을 수 없어) 던~~~~져~~~~~!!!!!!!!!!

우진은 바로 정미에게 가방을 던진다. 정미는 가방을 받자마자 다시 화장실로 들어가 문을 잠근다.

이우진	(관객을 바라보며 뭐가 우선순위인지도 모르고 울먹이며) 희진이랑 헤어진 게 진짜였어!
권정미	(목소리만) 차인 거지. 등신아.

조명이 이우진을 집중적으로 비추고 주변은 암전이 된다.

이우진	(관객들을 향해 경이적인 찌질함으로) 희진아… 오빠가 미안해.
권정미	(목소리만) 병신.
이우진	(화장실을 향해) 다 들었어!
권정미	들으라고 한 거야!

우진을 일어나서 뭔가 따지려다 다시 침대에 앉는다.

이우진   (블루투스 이어폰을 낀 뒤 스마트 폰을 들고 무언가를 입력하며)
재… 회… 하… 는… 법. 역시 유튜브엔 모든 게 있어.

우진은 블루투스 이어폰을 낀 채로 일어 부엌으로 가서 라면을
끓인다.

이우진   (혼잣말) 해장에는 콩나물 라면~.

지구 여성 옷을 다 입은 권정미가 화장실에서 나와 자취방에 있
는 드라이기로 머리를 말린다.

권정미   (이우진을 향해) 오빠 너 뭐하냐?
이우진   해장하려고 라면 끓어!
권정미   한국 라면… 영상에서만 보고 먹어본 적은 먹는데… 고마워.
이우진   누가 너 준대?
권정미   (혀를 차며) 안 먹어!
이우진   장난이야~.
권정미   장난은 지랄… (순간 침대 위에 우진의 폰에서 무언가 영상이 나오
는 것을 보는) 뭐야?

권정미는 침대에 앉아 우진의 폰에서 나오는 영상을 확인한다.

이우진   (영상을 보면서) 자막도 나오네? 사랑하는 당신과의 재회를

위해 준비할 것? 1단계, 3개월 동안 전화하지 말기?

말없이 영상을 보는 정미, 진지하게 보다가 비웃는다.

권정미   (어이가 없어 웃다 라면을 끓이는 이우진을 바라보며 혼잣말하는) 죽
　　　　　어라. 이 지구인 새끼야.

순간 권정미의 우주 전용 폰에 전화가 온다.

권정미   (전화를 받으며 외계어로) !@#$@!#!#$%@$#@^%^@@!!!
정미엄마 (목소리만) !#@$@!#$#$%#$@#$^@^$^
권정미   (기분이 나빠) !#$!@#$!@#%#$!%$#!!!!
정미엄마 (덩달아 목소리를 올려) !!@#$!@#%!#$!#$%!#$!!
권정미   (도저히 참을 수 없어) 아!!! 맘마!! !@#$!@#$!@#$@!#$!@!!

전화를 끊는 정미, 라면을 다 끓인 이우진 냄비 채로 들고 온다.

이우진   엄마랑 통화했어?
권정미   (놀라서) 오빠 어떻게 알았어?
이우진   맘마가 엄마 아님?
권정미   (소름이 돋아) 어떻게…
이우진   엄마를 뜻하는 지구 모든 단어는 비슷하거든. 역시 정서
　　　　　는 우주건 어디 건 비슷하네.

권정미   이럴 때는 서울대 같네.

이우진   이게 서울대랑 뭔 상관이… (갑자기 놀라) 어떻게 알았어?

권정미   포차 집에서 술 먹을 때 '나 서울대 법대 나왔어!'를 정확히 137번 말했어. (비웃음) 개 찌질이.

이우진   (실실 웃으며) 오랜만에 오빠 소리 들으니까 기분 좋다.

권정미   (은근 죽이 맞아 피식거리며) 그게 중요한 게 아니잖아.

우진은 라면 냄비를 식탁에 올려놓은 뒤 블루투스 이어폰을 귀에서 빼고 케이스에 담아 적당한 곳에 놓는다.

이우진   앞 접시 두 개랑 젓가락 두 개, 그리고 냉장고에 보면 파김치가 있어.

권정미   오빠 너 명령이니?

이우진   (단호한) 그럼 먹지 마.

정미는 바로 자리에서 일어난다.

권정미   (언제 그랬냐는 듯) 앞 접시는 어디 있어?

이우진   싱크대 서랍.

권정미   (찾은 뒤) 여기 있네.

이우진   김치랑 젓가락도.

권정미   (짜증내는) 아까 말했잖아! 두 번 말하지 마!

이우진   (무언가 익숙함을 느끼는) 아… 고마워.

권정미 (어이가 없이) 뭐?

이우진 (찌질 게이지 모은 뒤) 희진이 그 말 많이 했어.

순간 싸늘한 바람이 분다.

권정미 (저기압) 야.

이우진 (겁을 먹고) 왜?

권정미 너 전 여친이랑 비교하지 마. (차분하고 냉정하게) 부탁 아니야… 경고야.

이우진 (완전히 압도되어) 네.

권정미 (언제 그랬냐는 듯 밝은 표정으로 냉장고를 열) 김치 여기 있고 (싱크대에서 젓가락을 꺼내며) 젓가락도 찾았다!

앞 접시, 젓가락, 김치를 찾아 차례차례 식탁에 올려놓는 정미, 우진은 순간 경직된다.

이우진 접시랑 젓가락 씻었어?

권정미 (의아하여) 인공지능이 자동으로 씻겨주지 않아?

이우진 (한숨) 여긴 지구… 야만의 환경…

권정미 (웃음) 사내새끼가 깔끔은 겁나게 떨어.

말은 그렇게 해도 순순히 일어나 앞 접시와 젓가락을 대강 씻는 정미, 얼굴에 웃음에 만연하다.

이우진   뭘 웃니?

권정미   그냥… 고향에서 모두가 경쟁자였는데… (포근한 표정으로) 오랜만에 느끼는 편안함이라…

이우진   (냉담하게) 다 똑같구나. 라면 불어! 빨리 씻어!

권정미   다 씻었어! 사내새끼가 닦달 좀 하지 마!

이우진   (피식거리는) 그거 역 성차별이야.

권정미   (비웃음) 네~ 선생님.

정미는 다 씻은 앞 접시와 젓가락을 식탁에 넣는다. 이우진 싱글 벙글 웃으며 먼저 정미의 앞 접시에 라면을 덜어 준다.

이우진   (싱글벙글) 호호 불면서 파김치랑 같이 먹어.

권정미   (사소하지만 세심한 배려에 조금은 감동하여) 아… 땡쓰.

후루룩거리며 김치와 함께 라면을 먹는 권정미, 얼큰 시원함에 무아지경에 빠진 표정이다. 이우진은 그런 정미의 표정에 자부심을 느끼며 스스로 접시에 마음을 담아 함께 후루룩거리며 라면을 맛있게 먹는다.

이우진   맛있지?

권정미   이게 뭐라고 맛있지?

이우진   조미료 맛이지 뭐.

권정미   (쿨하게) 맛있으면 그만이지 뭐. 파김치도 새콤하고 맛있다.

이우진   (뿌듯하여) 우리 엄마가 직접 담근 거야. 난 이거밖에 안 먹어.

권정미   엄마 소리 나오니까 방금 엄마랑 통화한 것 때문에 또 짜증이 나네.

이우진   내가 한번 맞춰볼까? 어떤 대화했는지?

권정미   (피식) 말해봐?

이우진   (엄마 말투 방의) 가시내가 참 어쩌자고 지구까지 가니? 거기 간다고 대안이 있을 것 같아? 네가 눈이 높아서 그래! 적당히 하고 돌아와! 엄마 친구 아들이 공기업 다니는데 한번 만나봐라! 그전에 되는대로 직장 좀 가지고! 으이구 진짜!

정미는 소름이 돋아 젓가락을 떨어뜨린다.

권정미   어… 어떻게 알았어?!

이우진   (허탈한 웃음) 조금이라도 다르길 원했는데… 어디든 똑같네.

권정미   괜히 서울대가 아니구나.

이우진   서울대랑 뭔 상관이냐? 그냥 센스지.

권정미   (어이가 없어) 누가 누굴 보고 센스를 운운…

이우진   넌 학벌도 있고 예쁘니 선도 들어올 것 같았어.

권정미   (정색하며) 예쁘다 이런 말 하지 마.

이우진   왜?

권정미   오빠가 뭔데 함부로 얼굴 평가를 해? 나란 사람이 주관적인 외모에 한정되는 느낌이 싫어. (라면을 후루룩거리며) 그리고 선 같은 거 너무 싫어. 조건이 밥 먹여 주는 것도 아니고…

이우진 (자르며) 조건이 밥 먹여줘. (무미건조하게 라면을 먹으면) 아직 모르는구나. 엄마가 잡아줄 때 만나.

권정미 그럼 결혼 뒤에 뭐가 있는데?

이우진 뭐냐니?

권정미 누구의 부인, 누구의 엄마… 그건 내가 아니잖아.

이우진 적어도 여자는 능력 아니면 결혼이라는 두 가지 선택지가 있잖아. (억울한 심정) 남자는 능력 뒤가 결혼이야.

권정미 (라면을 먹으면서도 단호하게) 그건 남자들의 편협한 고정관념이야!

이우진 그럴 수도… 그래도 확실한 거는… (눈시울 붉어져) 사랑만으로는 못살아도 현실만으로는 살아… 여유가 생기면 거기서 사랑도 생겨.

사이.

권정미 (눈치를 까고) 전 여친이랑 어떻게 헤어졌어? 어제 술 진탕 먹어도 그건 이야기 안 하더라.

냄비 속 라면은 어느덧 거의 다 비워졌다.

이우진 (화제를 돌려) 너는 후루룩하면서 편하게 먹어 좋다.

권정미 라면은 후루룩거리면서 먹어야지. 말 돌리지 마라.

이우진   희진이는 이런 거 진짜 싫어해서… 아 걔는 라면 자체를 싫어했지.

정미는 순간 젓가락을 식탁에 탁 내려놓고 일어난다.

이우진   야 갑자기 왜?

권정미   잘 먹었어.

정미는 자취방 현관문으로 향한다.

이우진   야 이렇게 경우도 없이…

권정미   (자르며 저기압으로) 경우 없는 건 오빠 너야. 내가 분명히 전 여친이랑 나랑 비교하지 말랬지.

이우진   (뒤늦게 깨달아) 아…

권정미   (차갑게) 오빠, 너랑 난 의남매니 어쩌니 해도 결국 아무 사이도 아니야. 그래도 나 여자잖아. 내가 왜 오빠 앞에서 전 여친이랑 비교질을 당해야 해? 나한테 최소한의 자존심도 없는 줄 아니? 어쩜 그렇게 센스도 없고 예의도 없니?

이우진   (할 말이 없어) 미안…

권정미   (자르며) 사과 필요 없어. 갈게.

정미는 현관 문을 연다.

이우진　(다급하게 아무 명분이나) 설거지는 하고 가야지!

권정미　(헛웃음) 설거지?

이우진　요리는 내가 했는데 설거지는 네가 해야지! 그게 네가 말한 예의 아니야?

권정미　(어이가 없어) 물 끓여서 면이랑 수프 넣은 게 요리니?

이우진　콩나물도 넣었어.

권정미는 순간 이우진의 찌질한 유머 감각에 피식 웃음이 나온다. 자존심 때문에 억지로 참으려 해도 계속 웃음이 터지는 정미.

이우진　콩나물을 정확한 타이밍에 데치는 게 얼마나 어려운 장인의 기술인지…

권정미　(우진을 귀엽게 쳐다보고 피식거리며) 잘났다. 정말…

정미는 다시 들어와 식탁 위에 식기들을 들고 싱크대로 간다. 정미는 그동안 숨겨왔던 외계의 초능력을 이용하여 식기와 주방세제, 수세미들이 저절로 움직이게 해 반자동 설거지를 한다.

이우진　우와! 영화 ET다!

권정미　호들갑 떨지 마.

이우진　엄청 편하겠다!

권정미　직접 하는 것보다는 편하겠지. 그래도 이거 일일이 컨트롤해야 돼. 은근 번거로워.

이우진	마블 같아. 스칼렛 위치… (어벤져스 등장 음악을 콧노래로) 밤 빰빰빠! 빰빠빠빰빠!
권정미	(혼잣말) 특이한 캐릭터야. 진짜… 이런 인간이랑 이제 어떻게 같이 사나?
이우진	(당황하여) 부부도 아닌 남녀가 같이 살아?
권정미	의남매인데 같이 살아야지. (씨익 웃으며) 걱정하지 마. 아까 초능력 봤지? 이상한 짓 하면 죽는 거야.
이우진	누가 할 소릴… 그리고 아까부터… 의남매라니? 그게 뭐야?
권정미	어제 오빠가 하자고 했잖아. 서로 목표가 통하니까 오빠가 좋아하는 삼국지처럼 의형제, 아니 의남매 맺자고… 도원… 뭐 시기였지?
이우진	도원결의?
권정미	그거다! 복숭아나무가 없으니까 대충 하자고 자취방에서 황도 캔 따고 결의했잖아.
이우진	(한숨) 가지가지 했네.
권정미	오빠, 나랑 너랑 시도 읊었어.
이우진	뭔데?

배경이 어두워지고 조명은 두 사람에게 집중된다. 장엄한 동양풍 BGM이 흐른다.

| 권정미 | (목소리를 깔고) 비록 태어난 별은 다를지언정 이 자리에서 |

의남매를 맺은즉, 마음을 함께하고 힘을 모아, 어렵고 위험할 때 서로 도울 것이다. 위로는 취업에 성공하고, 아래로는 가족을 평안케 할 것이다.

권정미는 이우진과 젓가락을 한 개씩 나눠 쥔다. 그 뒤 마주 보고 선 뒤 하늘을 향해 젓가락을 치켜 올려 최종적으로 서로의 젓가락을 맞닿게 한다.

이우진　한날한시에 태어나지 않았으나 한날한시에 죽기를 바라며, 하늘과 땅의 왕이 우리 마음을 굽어 살피어, 의와 은혜를 저버리는 자는 하늘과 사람들이 벌하여 죽을 것이다!

바람 소리가 힘차게 휘몰아치고 BGM도 사라진다. 무대 배경은 다시 밝아진다.

이우진　(들고 있는 젓가락을 싱크대에 넣고) 별 지랄을 다했네. 진짜.

권정미　(다시 설거지하며) 오랜만에 인문계 감성 지리더라.

이우진　(진지하게) 야!

권정미　(미소) 왜!

이우진　의남매까지 맺었는데 이렇게 나가는 게 어디 있어? 미안해. 가지 마.

권정미　(씨익 웃으며 설거지를 다 끝내고 손을 털며) 대신 전 여친이랑 왜 헤어졌는지 이야기해줘.

이우진　　그런 프라이버시를?

정미를 수건으로 손을 닦고 침대에 가서 당당하게 다리를 꼬고
앉는다.

권정미　　남매끼리 그런 이야기도 못 해? 내가 지구에 아는 사람도
　　　　　없는데 누구랑 이야기하겠니? 안심하고 해봐, 어떤 대단한
　　　　　여자가 내 자존심을 두 번이나 상하게 했는지 궁금하네.

이우진　　(머리를 긁적이며) 그게… 어떻게 된 거냐면…

식탁 옆에 앉는 우진, 과거 회상이 시작된다.

이우진　　한 달 전이었어. 사비를 털어서 희진이 생일 맞춰서 괌에
　　　　　갔는데…

화려한 화장, 의상을 한 강희진 등장. (김혜진 역의 배우와 동일)
권정미 옆자리 침대에 앉지만 둘이 시공간은 다르다.

권정미　　이미지가 쎄네.

이우진　　여행경비로 박살이 난 통장 잔액이 몇인지 머리를 굴리던
　　　　　중 희진이를 따라 괌 T 갤러리 구찌 매장을 들리게 되었
　　　　　어. 매장 안에는 한국인 관광객 부부들이 많더라.

부부들이 웅성거리는 소리가 들린다.

이우진   나이 40대 후반은 되어 보이는 남자와 20대 후반 정도 되
        는 부인? 애인인가? 모르겠어. 여하튼 남자가 여자한테 비
        싼 구찌 가방을 몇 개씩이나 척척 사주는 거야.

        희진은 한숨을 쉬며 멍하니 관객을 바라본다.

이우진   나도 남자인데 여자 친구 앞에서 민망해서 잔액을 털어서
        라도 백 얼마짜리 작은 구찌 가방을 사주려고 했어. 그런
        데…
강희진   (퉁명스럽게) 괜찮아. 무리하지 마.
이우진   말은 괜찮다는데 뭔가 분위기는 쎄했어.
권정미   그래서?
이우진   잠시 뒤 희진이가 돈 많은 남자를 바라보면서 이런 말을
        하는 거야.

        희진은 이름도 모를 자신의 헌 가방을 만지작거리며 한 손으로
        머리를 넘긴다.

강희진   (허망한 표정으로) 저 재력이 부럽다.
권정미   아니… (어이가 없어 희진을 바라보며 헛웃음을 짓는) 대단하네.

희진은 자리에서 일어나 우진을 경멸스럽게 바라본다.

이우진 다음 날 한국으로 돌아왔는데 희진이는 이 핑계, 저 핑계 대면서 몇 주 동안 만나주지 않다가 돌연 나한테 권태기가 왔다고…

강희진 (폰을 들고 이우진을 같잖게 바라보며 통화하는) 일주일간 기다려. 그동안 연락하지 마.

이우진 일주일 뒤에는 우리 괜찮아지는 거야?

권정미 (답답하여) 어휴 저 병신!

강희진 모든 걸 생각해 볼게.

이우진 (관객을 바라보며) 내가 너무 비참해지더라.

희진은 미련도 없이 퇴장한다.

권정미 (우진을 안쓰럽게 쳐다보며) 그리고 못 참아서 이틀 정도 뒤에 전화했다가 희진이가 너 보고 조급하니 어쩌니 해서 헤어졌지?

이우진 (놀라며) 어떻게 알았어?

정미는 우진의 순진함을 넘은 바보스러움에 답답하여 일어난다.

권정미 저 재력이 부럽다니 어쩌니 하면서 오빠가 사준다는 거 거부한 거 자체가 뭔 뜻인지 아니?

이우진   뭔데?

권정미   (너무 답답해) 오빠의 가난한 지갑을 신경을 써야 하는 자기 신세가 처량하다는 거야! 여기서 힌트 다 줬어!

이우진   (자괴감에) 그렇구나.

권정미   애초에 연인끼리 일주일 동안 연락하지 말라고 하는 것 자체가 그런 말 듣고 상처받을 오빠를 전혀 고려하지 않은 거야. 그 기간 내에 딴 놈에게 환승각재고 있는 거잖아. 현실적인 건 중요하고 그걸로 헤어질 수 있지. 그래도 이런 식으로 헤어진다는 건 오빠에게 모든 책임을 떠맡기겠다는 거잖아. 그딴 여자를 뭘 그리워해?

이우진은 고개를 푹 숙이고 말없이 눈물을 흘린다.

이우진   그래도 개랑 만든 추억은 지울 수가 없잖아.

권정미는 다시 자리에 풀썩 주저앉는다.

권정미   (애증이 담긴) 그건 맞지. 어쩜 나랑 이리도 똑같니?

이우진   뭐야?! 너도 이렇게 차였어?

권정미   (한숨을 쉬며) 요약하면…

다른 시공간에서 권정미의 전 남친, 알락스칸쉬트라(방정민 역의 배우) 등장. 배경음악으로 '남자는 배, 여자는 항구'가 흐른다.

권정미   (60년대 영화독백처럼 애절하게) 그이의 이름은 알락스칸쉬트라!

이우진   알람… 뭐라고?

권정미   멍청하게 생겼지만! 자기 분야는 똘똘하고 순수한 모습이
          좋았지!

알락스칸쉬트라   (자사 제품을 들고 관객들에게 지성과 멍청함이 혼합된 묘한 중
          저음 톤으로 영업을 한다. 뭔 말인지는 외계어라 하나도 알 수 없는)
          !@#$!@#$@#!%$#^$%^^%&#!$#%#$%$^$&^%&

권정미   (애절하게) 그이는 경영학과 마케팅 전공, 나는 통대… 전공
          을 다르지만 같은 대학 동문! 우리는 처음 본 순간 불타는
          사랑에 빠졌고!

알락스칸쉬트라   (관객들을 향해 애정 공세) @#$!#@#$$#@%

권정미   졸업 뒤 내가 면접에서 연거푸 떨어져도 난 그이가 대기
          업에 한 번에 패스할 때 마치 내 일처럼 좋아했어!

이우진   (어색하며) 갑자기 왜 말투가 60년대 영화처럼 되었냐? (위로
          바라보며) 음악은 대체…

권정미   (무시하며) 그러나 그이에겐 더는 자신의 행복이 나의 행복
          이 아니었어!

알락스칸쉬트라   (뭔가 변명을 하는) #@$!@#$!@#%$#!#^#^$#%!#$!

권정미   승진시험과 출장이 잦다는 핑계로 고사하고 통화도 힘들
          었지! 아무리 바빠도 1분 통화도 안 되냐는 말에 그이는
          나의 집착이 싫다고 2주간 연락하지 말라고 했어!

이우진   나보다 두 배는 많네.

권정미   나는 너와 달리 참으며 아주 잘 기다렸는데 그이는 SNS

에 나와의 친구 관계를 삭제했지!

이우진 (안타까워) 생각보다 너무 잘 기다리니 명분을 만들었군!

권정미 그래서 난 결국 2주를 참지 못하고 전화를 했어!

알락스칸쉬트라 (폰을 들고 화를 내는) @#$!@#@#%$%!$%!

툭 끊어 버리고 매몰차게 퇴장하는 알락스칸쉬트라.

권정미 그렇게 헤어졌어. 나의 조급함으로 인해… 안녕 사랑했던
사람…

순간 들리는 노래가 멈춘다.

권정미 (목소리 톤이 평소로 바뀐 뒤 격앙되어) … 은 개뿔! 그 개새끼가
헤어지자마자 며칠 만에 딴 년으로 갈아타 몇 달 뒤 결혼
했어! 찢어 죽일 새끼가아아아아아아아아아!!!!

이우진 (권정미의 분노에 겁에 질려) 고정하십시오!

권정미 나중에 알고 보니 그 새끼 부모님은 이미 나랑 헤어지기
전부터 아들놈을 그년이랑 맞선을 보게 한 거야! 다 지옥
으로 떨어져 버려어어엇!

배경 효과음으로 지진이 나는 소리가 들린다. 권정미가 진정하니
결국 지진 소리가 사라진다.

이우진   (아직 겁에 질려) 나도 사시 계속 떨어지기 전에 희진이 부모님이 똑똑하다고 좋아했어! 희진이 나 만나서 검사부인 될 거라고⋯ 근데 결국 장수생 되니까 냉랭해지시더라. 뭐 그 뒤는 너랑 비슷할 거야.

권정미   (뭔가 덜 시원한지) 안 되겠다!

이우진   뭐가?

권정미   우리 그 연놈들에게 더 큰 소리로 욕하자!

이우진   (난감하여) 그게 무슨 의미가 있어? 그리고 여긴 일인 가구가 많아서 민원 들어와!

권정미   하늘에 떠서 욕하면 되지!

이우진   (영문을 몰라) 응?

권정미   일단 가자!

권정미는 우진을 강제로 끌고 현관문 열고 나가며 함께 퇴장.

— 막간 —

권정미의 UFO 내부, 둘을 태운 UFO는 대기권에 떠 있다. 권정미는 조종석에 앉아있고 이우진은 서 있는 상태로 UFO 메인 컴퓨터 스크린을 통해 보여주는 바다처럼 드넓은 밤하늘의 구름을 바라본다.

이우진　(넋을 놓고) 아름답다…

권정미　여기가 경치도 좋고 스텔스 기능도 잘 돼서 딱 좋아!

다른 공간에 국정원 요원 두 명이 등장한다.

방정민　(레이더망을 바라보며) 안 잡혀요.

김혜진　(당황하며) 뭐야? 떠난 거야?

권정미　(우진에게) 이제 욕해봐!

이우진　(정미에게) 민망한데…

방정민　(혜진에게) 아니요. 생체반응은 잡혀요. 스텔스 기능만 킨 거
　　　　　같은데…

김혜진　계속 감시해!

방정민　예!

권정미　(우진에게) 가슴 속에 있는 걸 모두 뿜어내!

이우진　(난감하여) 그래도…

권정미　(자르며) 그럼 나부터 한다! (스크린을 바라보며) 알락스칸쉬트
　　　　　라! 이~!@#$@#!$#$%#%^$%^%&%^&%^&%^&%$*&*$
　　　　　&^*&$^ (대본에 차마 표현할 수도 없는 욕) ~야!

세상이 떠나갈 것 같은 우렁찬 목소리가 들려 우진은 놀라 뒷걸
음질치지만 뭔가 시원한 느낌이다.

방정민　(한쪽 귓구멍을 후미면서 혜진에게) 뭔가 엄청 가려운… 누가 내

욕하는 거 같습니다! 뭐랄까? 절대 내가 아니지만 나인 존재와 쌍으로 욕먹는 느낌?

권정미   (우진에게) 시원하다! 빨리해!

김혜진   (방정민을 비웃는) 그런 비과학적인…

이우진   (정미에게) 옛말에 '충신은 옛 군주를 비난하지 않고 군자는 절교한 벗은 욕하지 않는…'

권정미   (고함치는) 닥치고 해!

이우진   알았어! 강희진 이~ (대본으로 표현할 수 있는 욕이지만 배우에게 맡기는) !#$!@#$@#$#%$#%$^%^&%^*^$&*^&*$%*&^%*$ &^*$&^$&^*$^&$*^$&$%@#$#$%$$@#^%$@%%$^$%&# ^%&~야!

김혜진   (순간 방정민처럼 한쪽 귀를 파는) 으악!! 나도 가려워!! 뭐지?! 이건… 마치 나와 다른 또 다른 나인 듯 아닌 나와 쌍으로 가려운 느낌?

방정민   (김혜진에게 동병상련을 느끼며) 바로 그겁니다!

두 요원을 함께 귀를 후미다 조명이 꺼지면서 퇴장한다.

이우진   뭔가… (포근하여) 가슴이 따뜻해졌어!

권정미   (당황하여) 원했던 반응과는 다른 변태 같은 표정이지만… 좋다는 거지? (웃으며) 그럼 됐어! 이제 재회하는 영상 이딴 거 보지 마! (그저 농담) 차라리 그런 사기 영상을 만들어 돈을 벌던가!

사이.

이우진 (득도한) 바로 그거다!

권정미 (당황하며) 뭐?!

이우진 (환희에 찬 표정) 내 이야기 좀 들어봐!

우진은 진지한 표정으로 정미에게 무언가 설명한다. 이(異)공간
이 조명이 비추고 두 요원이 재등장한다.

방정민 (한쪽 귀를 살짝 긁다 멈추고) 이제야 좀 괜찮습니다.

김혜진 (귀를 톡톡 치다 멈추고) 나도…

방정민 좋은 일 있기 전에 액땜이라고 치죠. 저번에 농담 삼아 말
한 외계인이 인문계가 아니고서야 성과는 엄청날 겁니다!

순간 김혜진이 열이 받아 방정민의 뒤통수를 후려갈긴다.

김혜진 (살기가 느껴지는) 재수 없는 소리 제발 하지 마!

방정민 (의기소침) 예…

두 요원은 자신들이 있는 공간의 조명이 꺼짐과 동시 퇴장, 상황
은 다시 인구론 남녀 둘에게 집중된다.

이우진 (무언가 이야기를 끝내고) 어때? 괜찮지?

사이.

권정미   (심각하게) 뭔가 등신 같지만… 멋있어.
이우진   (환희에 찬) 그래! 바로 시작하자!

둘은 하이파이브를 한 뒤 포옹하려는 순간 어색해서 멈춘다. 둘
사이에서 묘한 기류가 느껴진다.

3막

유튜버를 찍고 있는 정미와 우진. 정미는 1막에서 우진을 처음 만났을 때인 복장에 변신 전 푸른 피부를 한 상태. 이우진은 양복을 쫙 빼입고 말끔한 상태로 촬영을 한다. 현실감을 살리기 위해 정미는 고향별에서 쓰던 고등 역사 교과서를 펼치면서 진행한다.

이우진 그러니까 적어도 7차 산업 혁명 전까지는 집 붙들고 있는 게 장땡이라는 거지?

권정미 그치. 우리 레식스 별도 이 당시에는 진보정권이 집값 잡는다니 하면서 규제를 만들었는데 정작 암시장에서 집값이 몇 배로 올라갔어. 그 뒤 보수정권이 재집권하면 부동산 시장을 활성화한다고 규제를 풀어 투기판을 만들지.

이우진 어디쯤이 집값 피크인지 아는 여야정치인들은 그 뒤 집을 팔아 시세차익 본다?

권정미 이미 서민은 시세차익 볼 집도 없고 말이야. 국민이 항의하면 보수당은 '그때 우리가 야당이었을 때 집 팔지 말라고 했잖아. 어휴~' 같은 개소리를 지껄이지. 둘 다 짜고 쳤으면서… 죽일 연놈들…

이우진 괜찮은 장사네?

권정미 200년 동안 그렇게 해쳐 먹다가 혁명 일어나서 다 감옥

가. 7차 산업 혁명 때 인구가 3분의 1로 줄었는데 인공지능 때문에 생산성이 80배로 올라가니까 집값이 영원히 똥값이 되거든. 부동산 사기세력이 힘을 잃는 거지.

이우진   지구도 똑같을까?

권정미   (윙크를 하며) 답변 안 해. 오랫동안 돈 벌고 싶어요.

이우진   (웃음) 지금 한국의 상황에서 볼 때 언제쯤 집을 팔면 될까?

권정미   네 증손자 때쯤 팔면 돼.

이우진   근데 현시대 청년들은 집이 없잖아.

권정미   (한숨) 유감이네.

이우진   (카메라를 바라보며) 시청해주신 여러분 감사합니다. '외취생(외계에서 온 취준생의 약자)과 고시낭인.' 다음 편은 (염력으로 떠다니는 카드들을 바라보며) 외취생이 쓰는 초능력에 원리와 그 기원에 대해 알아보겠습니다!

권정미   (미소 지며) 독자들이 보내준 후원금은 철저한 사리사욕을 위해 쓰겠습니다!

정미는 초능력으로 '구독'이라 써진 카드를 들어 올린다.

이우진   구독과!

'좋아요'라고 써진 카드도 역시 초능력으로 들어 올린다.

권정미   좋아요!

우진을 특유의 찌질스러움이 가득한 춤을 춘다.

이우진　(춤을 추며) 알림설정까지!

방송 마무리, 무대 배경에는 '영상내용은 전부 컨셉이므로 우리 말대로 했다가 망했을 때 책임은 당연히 안 집니다.^^'라고 글이 떴다 잠시 뒤에 사라진다. 정미는 목에 버튼을 눌러 다시 한국인 으로 변신한다.

권정미　(한숨 쉬며) 초능력을 고작 이런 데 쓰다니… (기지개를 펴며) 오늘 한 잔은 어디서 하냐?

이우진　기와집 양대창.

권정미　소주가 자동으로 들어가겠네.

이우진　(애교부리며) 예약까지 완료했지!

권정미　(우진이 귀여워서 그의 코를 부여잡고) 우쭈쭈~ 그랬쪄여~?

이우진　(찌질함과 천진함이 동시에 느끼지는) 네~!

둘 다 일어나 정리를 한다.

권정미　(정리하며) 지금 현재 구독자가 얼마지?

이우진　(정리하다 잠시 폰을 보며) 60만… 몇 달 만에 엄청나네.

권정미　저번 달 수익이 6천 정도니까…

이우진　이번 달 수익은 7천을 족히 넘겠다.

권정미 (씨익 웃으며) 오빠 너 나한테 수익의 반이 아니라 솔직히 7할은 줘야 하는 거 아니야?

이우진 야! 기획이랑 영상편집은 내가 다 하잖아! (비웃음) 아무리 문과라도 외계인이 영상편집도 못하냐?

권정미 (웃음) 편집을 따로 구하던가 해야지. 초능력도 못 쓰는 게…

둘은 정리를 다 끝낸다.

권정미 콜택시는 내가 부를까?

이우진 (당당하게) 아니! 부르지 마!

권정미 웅?

이우진은 주머니에서 자동차 키를 꺼내 권정미에게 보여준다.

권정미 (놀라는) 뭐야? 오빠 너 차 샀어?

이우진 웅. 무려 제네시스 G90!

권정미 (우진의 등짝을 치며) 이 오빠가 미쳤나봐?! 1억짜리 차를…

이우진 나 먹는 거 빼고 돈 안 쓰는 거 알잖아. 지금 버는 속도로 몇 달이면 다 갚아.

권정미 (어이가 없어) 그래도 그렇지…

이우진 이 차 사는 게 예전부터 소원이었어.

권정미 벤츠, 아우디도 있는데 왜 굳이 제네시스?

이우진 (허세, 자격지심, 당당함이 섞인) 우리 나이에 벤츠나 아우디 타

는 것들은 금수저 자식 아니면 빚더미 사업하는 카푸어
인 경우가 태반이야! 나 같은 명문대 전문직은 제네시스
G90이 딱이야! 손석희도 이거 타고 다니…

순간 권정미가 얼굴이 빨개져 웃는다.

이우진   (의아해서) 왜 웃어?

권정미   (계속 웃으며) 그냥… 귀여워서.

이우진   그래. 이 오빠가 귀엽긴 하지!

권정미   (우진의 등짝을 치며) 그게 아니라 오빠… (계속 웃다 겨우 진정하
고) 방금 말에 허세에… 자격지심에… 찌질함이 다 있었는
데 그냥 이젠 그게 오빠다워서 좋아. 순수한 소년 같아.

이우진   (민망해서 머리를 긁적이며) 뭐가 욕 같기도 하고… (웃음) 에라
모르겠다. 고마워.

권정미   (돈 많은 남자에게 보내는 애교가 아닌 상대에 대한 응원이 담긴 애교)
오빠! 나 제네시스 태워줘.

이우진   (당당하고 찌질하게) 야! 타!

권정미   O.K 오빠!

둘은 밖으로 나가 퇴장하려는데 순간 이우진에게 전화가 온다.
폰의 번호를 보고 순간 얼굴이 굳어지는 우진.

권정미   전화 왜 안 받아?

이우진   (어색하게) 스팸 전화야.

권정미   (탄식하며) 밥에다 스팸 올려 소주 한 잔하고 싶다!

이우진   (웃음) 양대창 먹으러 가는데 무슨… 어쩜 우린 돈을 벌어도 입맛이 그대로냐?

권정미   양식 뭔 맛에 먹는지 모르겠어. 분위기로 먹는 거 같아.

이우진   (정겹게) 나도… 가자.

우진의 표정은 무언가 떨떠름함이 가시지 않은 채로 정미와 함께 현관문을 나선다. 눈치 빠른 정미는 우진에게 뭔가 있다는 걸 느끼지만 이내 내색하지 않고 우진과 함께 퇴장한다.

— 막간 —

번화가의 한 카페. 이우진과 강희진은 서로를 마주보며 앉아있다. 식탁에는 각자의 커피가 있다. 우진은 카라멜 마끼아또, 희진은 에스프레소.

강희진   (반가우면서도 조금은 어색하게) 잘 지냈어?

이우진   (그렇게 보고 싶었는데 막상 보니 묘하게 차분한) 응. 나름 잘 지내.

강희진   나 너 유튜버 봤다? 재밌더라.

이우진   아? 봤어? 함께하는 친구가 워낙 잘해서… 덕을 보는 거지.

강희진   그분 진짜 외계인 같더라.

이우진 (무의식적으로) 걔 진짜 외계인… (자신의 멍청함을 뒤늦게 깨닫고)이 아니라 벌써 반년이 넘었네.

강희진 시간 빠르다.

이우진 미술학원 강사는 잘 하고 있어?

강희진 늘 똑같지 뭐. (웃음) 너 나랑 만날 때마다 사시 관두고 유튜버하고 싶다고 그렇게 말하더니만 결국 하는구나. 내가 그렇게 반대했는데… 역시 내가 없으니까 잘하네.

이우진 (고개를 저으며) 그냥 지푸라기라도 잡는 심정으로 했는데 운이 좋았던 거야.

사이.

이우진 근데… 연락 왜 한 거야?

강희진 아… 그게…

식탁에 커플링 반지 케이스를 내려놓는다.

강희진 계속 마음에 걸렸거든… 네가 과외해서 힘들게 번 돈으로 산 100만 원 넘는 커플링 반지인데… 남은 한쪽은 주는 게 아닌가 싶어서… 더 이상 나한테 필요도 없는 거고…

이우진 (어색한) 아…

강희진 고민 좀 했어. 이 타이밍에 널 보는 게 맞나 했지. 그래도 너 가끔 너 SNS 보니까 잘 지내고 많이 선선해진 것 같아

용기내서 연락했어.

이우진   고마워.

사이.

강희진   우진아…

이우진   응?

강희진   헤어지기 전에 했던 막말들… 상처 주는 말들… 미안해.

이우진   아… 뭘… 민망하게…

강희진   이제 와 이런 말 하면 웃기는 거 알지만… 진심 아니었어. 뭐랄까… 정말 이기적인 거 알지만 그때 그렇게 말해서… 내가 못된 사람이 되면… 너도 나한테 정나미가 떨어지고 나도 나쁜 사람이 되니까… 너도 날 빨리 잊고 나도 널 정리할 수 있다고 생각했어. 현실적인 이유가 아예 없었다고 말은 안 할게. 하지만… 난 처음에 너란 사람 자체가 좋았어. 정말이야. 난… 우리 아빠 같은 남자를 원했거든. 너의 눈에서는 우리 아빠처럼 지적이면서 순수함이 깃들어 있었어. 그거면 충분하다고 생각했는데… 역시 넌 아빠가 아니더라. 넌 아빠와 달리 개성을 드러내는 걸 좋아했잖아. 남자한테 아빠를 원하고… 웃기지?

이우진   희진아. 내 이야기 좀 해도 해도 될까?

강희진   응.

이우진   내 기질은 변하지 않더라. 나 관종 맞아. 그래도 널 많이 좋아했어. 내 기질은 바꿔서라도 너와 함께 하고 싶었어. 너 말대로만 하면 되는 줄 알았지. 늘 나한테 자연스럽지 못하고 말했지만 내 자연스러움은 네가 싫어했어. 네 말에 충성하는 게 최선이라고 생각했지.

강희진   미안해…

이우진   아니야. 내가 안일했어. 나 널 따르기만 했지 한 번도 내가 리드해 본 적이 없잖아. 너랑 내가 다르면 너와 다른 내 매력을 보여줬어야 했는데 늘 수동적이었어. 생각해 보면 그게 편했거든. 미안해 하지 마. 널 지치게 한 건 나야.

강희진   우진아…

이우진   응. 이제야 말하니 시원하다.

강희진   밥 먹었어?

이우진   아니.

강희진   우리 밥 먹을래? 이 동네 잘하는 레스토랑 있거든. 내가 살게. 너 공부하느라 돈 없어서 혼자 먹을 때면 라면, 포차 이런 곳만 갔잖아. 좋은 곳 가서 먹고 마무리하자.

이우진   아…

이우진의 과거 회상, 다른 시공간에서 권정미가 등장한다.

권정미   (관객을 바라보며 우진에게 했던 대사를 하는) 밥에다 스팸 올려 소주 한잔하고 싶다!

이우진   (다른 시공간에 있는 정미에게 미소를 지으며) 자식…

권정미	라면을 후루룩거리며 먹어야지!
이우진	맞지.

회상 끝. 정미 쪽 조명이 꺼지고 정미 퇴장.

이우진	(무언가 깨닫고 웃는) 그렇구나.
강희진	뭐가?
이우진	(웃음) 밥은 안 먹을게. 우리 여기서 헤어지자. 반지도 가져가.
강희진	왜? 아… 내가 혹시 너 기분 나쁘게 했어?
이우진	(고개를 저으며) 절대 아니야. 신경 써 줘서 고마워. 근데 희진아 그거 알아? 나 돈이 없었던 것도 있지만 원래 그런 음식들 좋아했어. 돈 버는 지금도 좋아하고 말이야.
강희진	그렇구나.
이우진	우린 정말 서로를 몰랐네.
강희진	그러게 말이야.
이우진	희진아 너와 내가 만나면서 얻은 가장 값진 게 뭔지 알아?
강희진	뭐야?
이우진	너와 내가 다르다는 거야. 넌 다른 거지 틀리진 않았어. 네가 레스토랑에 비싼 밥 안 사줘서 아쉬운 적 한 번도 없었어. 그냥 너랑 같이 있는 것만으로 좋았어.
강희진	(웃음) 나도.
이우진	(당당하게) 우린 서로 달라도 최선을 다했어. 그럼 된 거야. 그러니 반지는 돌려주지 마. 너와 함께 했던 시간들… 반

지 값보다 훨씬 소중해.

사이.

강희진 (미소) 맞아.

이우진 우연히 만난 친구 녀석이 있어. 나랑 라면을 후루룩거리며 먹는 게 편하대. 내 찌질함도 귀엽다더라. 함께 일하면 서로 멋진 생각이 막 떠올라! 날 빛나게 해!

강희진 누군지 알 것 같아.

이우진 같이 있으면 내가 나다워져. 나의 매력이 뭔지 알고 그 녀석의 매력도 알게 돼. 편할 걸 넘어서… 함께 있으면 가슴이 두근거려.

강희진 좋아하는구나!

이우진 (고개를 힘차게 끄덕이며) 응. 이제 내 마음을 알겠어. 그래서 지금 가서 바로 그 녀석에게 고백하려고! 지금 못하면 평생 후회할 것 같아!

강희진 (미소를 지으며) 먼저 가! 난 카페 분위기 좀 즐길게.

이우진 (악수하며) 고마워.

강희진 (악수하며) 나도.

우진은 자리에서 일어나 밖을 향해 걸어간다.

강희진 (이우진을 향해 외치는) 우진아!

우진은 잠시 멈춰 희진을 바라본다.

이우진   응?

강희진   파이팅!

이우진   웅! 파이팅!

이우진 퇴장한다. 강희진은 이우진이 떠난 곳을 아련하게 바라보다가 폰을 켜 어디론가 전화를 한다.

강희진   (전화 중) 여보세요? 오빠, 나 방금 잘 끝냈어. (웃음) 허락해 줘서 고마워. (사이) 웅. 빨리 끝났어. (사이) 온다고? 빨리 보자! 보고 싶어!

계속 통화하는 희진, 다른 공간에 조명이 켜지고 방정민 등장한다. 컵라면을 흡입하면서 레이더망은 안 보고 폰으로 유튜브를 본다.

방정민   (라면을 후루룩거리며) 외취생과 고시 낭인, 이게 완전 골 때리네. 진짜 외계인이었으면 좋겠다. 생포해서…

레이더망에서 무언가 감지되었을 때 알림 소리가 난다.

방정민   (너무 놀라 라면이 살에 걸려) 커헉! 크허어억!!!! (혼신을 다해 목

에 넘기고) 위치 100프로 파악했다! (유튜브를 끄고 전화를 거
는) 아이씨 국장님은 왜 이렇게 안 받아! (억한 심정) 난 주말
에도 뺑이 치는데 이 인간은 남자라도 만나나?! 아놔!!!!!

순간 귀를 미친 듯이 후미는 희진.

강희진　　뭐지? 누가 나 욕하나?

정민은 안절부절못하고 희진은 계속 귀를 후빈다.

4막

밤, 정미와 우진이 처음 만났던 뚝방가, UFO가 스텔스 기능을 한 채로 주차된 곳에서 희진이 홀로 우진을 기다린다.

권정미   (추워서 팔짱을 끼고) 왜 이 날씨에 부르고 지랄이야! 추워 뒤 지겠네. 1년이 되도 센스 없는 건 여전…

이우진 등장.

이우진   많이 기다렸지. 미안해.
권정미   (단호하게) 어. 사과는 받아줄게.
이우진   (어이가 없어) 그래… 고맙다.
권정미   왜 불렀니? 본론만 말해.
이우진   (애수에 젖은 눈빛으로 주변을 바라보며 뻔한 클리셰로) 이곳… 기억나니? 나와 내가 처음 만난 곳… 하늘에서 너의 UFO가 떨어질 때… 난 취해서 헛것을 본 건 줄 알았지… 그러나 진짜였어… 그렇게 너란 인연을…
권정미   (자르며) 추워 뒤지겠는데 감성팔이 하지 마라.
이우진   (한숨 쉰 뒤 섭섭함에) 아 진짜 너무하네!
권정미   오빠가 너무하지. 이 날씨에 사람을 불러놓고… (웃으며) 수익 배분 때문에 그렇지?

이우진 (혀를 차며) 각오 엄청나게 했는데… 긴장 다 풀렸네. 너 답다.

권정미 (너털웃음) 나도 솔직히 편집, 기획까지 오빠가 다 하는데 5 대 5는 너무하다 했어. 어쩌겠어. 편집도 못 해. 프리미어 왜 이렇게 복잡하냐?

이우진 넌 배울 의지도 없잖아. 초고도 선진 외계문명 주제에…

권정미 뼈속까지 문송 (문과라서 죄송합니다의 약자)한 걸 어떻게. 그 래도 오빠야, 내가 쓴 대본이랑 내 입 터는 거 쩔잖아. 그 건 부정 못 하지?

이우진 (고개를 끄떡이며) 인정.

권정미 그래도 오빠 고생한 거 인정해서 내 큰맘 먹고 수익 배분 조정을 하지.

이우진 몇 대 몇?

권정미 5.01 대 4.99.

이우진 (어이가 없어) 미친… 0.01 차이로 나누는 게 더 번거롭다.

권정미 그럼 그냥 쿨하게 이대로 가자.

서로 편하게 웃는다.

이우진 (진지하게) 정미야… 진짜 할 말 있어.

권정미 뭐? 편집 따로 구하자고? 그치? 이게 슬슬 구할 때 됐지?

이우진 아놔 제발 좀 진지하게 들어줘!

권정미　(키득거리며) 그래. 말해봐.

사이.

이우진　나 있잖아… 너… 말이야…

김혜진&방정민　멈춰라!

김혜진과 방정민 완전무장한 채 총을 들고 등장.

김혜진　게르간투스!

이우진　(놀라서) 잉?

방정민　국정원이다!

권정미　어떻게 내 본명을?!

방정민　렉시스 행성에서 불법체류 명단을 받았다!

권정미　(신경질) 이놈의 개 같은 고향별은 취업도 못 시켜 주면서!

김혜진　순순히 따라~!

권정미는 초능력으로 요원 둘을 일순간 무력화시킨다.

김혜진　(당황) 뭐지? 몸이 안 움직여?!

방정민　(그 와중에 신기하여) 마블 슈퍼 히어로다!

김혜진　(분노하여 안간힘으로 방정민의 뒤통수를 치며) 이 와중에 신기해
하지 마!

방정민   (의기소침) 네…

이우진   (그 와중에 순간 방정민에게 공감하여) 어! 나도 처음 볼 때 마블 생각했는데!

권정미   (역시 분노하며 이우진의 뒤통수를 치며) 이 와중에 공감하지 마! 이게 한계야!

이우진   (역시 의기소침) 미안…

권정미   (국정원 요원들을 향해) 제기기기기기기기기기이이이이랄!!! 이 망할 희망 브레이커 새끼들아!

권정미는 전력을 다해 염력을 증폭시켜 요원 둘을 퇴장시킨다.

이우진   (난감하여) 아… 안 돼…! 국정원을 건드리면 우린 범죄자야!

권정미   닥쳐! 우린 이미 범죄자야! 가자!

이우진   어딜?

권정미   내 자가용 UFO로!

이우진   너희 엄마 거잖아?

권정미   (답답하여) 제발 닥쳐어어어엇!

억센 힘으로 우진을 끌고 도망가는 정미, 무대 배경은 순식간에 UFO 내부로 바뀐다. 멍하니 있는 우진, 정미는 조종석에 앉는다.

권정미   발진! 렉시스 별로 귀환한다!

굉음을 내며 비행하는 UFO.

이우진   (충격과 공포) 나는 왜! 나까지 너희 별로 도망가는데!

권정미   (다급하게) 시끄러워! 지금 잡히면 불법체류자로 돈 번 오빠
         도 감옥행이야!

주저앉는 우진.

이우진   (탄식) 내 인생은 이렇게 망하는구나!

권정미   (이 상황에도 유머를 잃지 않는) 정확히는 같이 망한 거지! (한숨)
         하아… 이번 달 유튜브 돈 아직 정산도 안 했는데!

이우진   (울먹이며) 이제 그게 뭔 소용이냐?

권정미   (덩달아 울먹이며) 몰라!

사나이 이우진, 때와 장소에 전혀 안 맞지만 가슴이 시키는 대로
한다. 심호흡을 크게 한 뒤 일어나 정미에게 외친다.

이우진   (사자의 포효) 우리 결혼하자아아아아아아아아아아아아아
         아앗!!!!!

사이.

권정미   (얼굴이 빨개진 정도를 넘어 홍당무가 되어) 이 상황에 뭔 개소

리야?

이우진　고민했어! 죽도록 누굴 좋아했다 헤어지는 거 이제 버티기 힘들고 너랑 친구 관계도 쫑 날까봐 말이야.

권정미　그래서?

이우진　(곰의 포효) 쫑나지 말고 그냥 같이 살자아아아아아아앗!

권정미　(이미 넘어갔지만) 아니 그걸 지금 상황에… 그리고 우리 이제 다시 개털이야!

이우진　우린 콘텐츠가 서로 잘 맞아 잘 살 거야! 마음은 평생 갈 것 같아도 몸은 그렇지 않아! 지금 내 마음이 언젠가 상처로 돌아와도…어차피 한 번 죽는 거 내 마음에 충실할 거야!

권정미　(감동한) 오빠…

다른 공간의 요원 둘 등장.

김혜진　(무전기를 들고) 전투기 출격시켜! 반드시 잡아!

방정민　(다급하게 김혜진의 무전기에 대고) 빨리 와! 빨리!

전투기 출격하는 소리. 스피드는 우주선이 지구의 전투기보다 훨씬 빠르지만 무기가 장착되어있지 않아 전투기의 공격을 피하기 바쁘다.

그 와중에도 둘은 핑크빛이다.

권정미　(실실 웃으며) 오빠! 벌써 결혼이야 무슨!

이우진   (낙담하는) 그런가?

권정미   (애교 가득한) 연애부터 해야지!

우진은 이런 개떡 같은 상황에도 정미의 미소를 보고 행복하다. 숨 막히는 추격전 끝에 결국 전투기의 미사일을 맞고 강으로 추락하는 우주선. 두 사람은 다행히도 생명에는 지장이 없다. 국정원 요원 둘이 UFO 내부에 진입한다.

권정미   (허탈하게) 다 끝났다.

이우진   (역시 허탈하게) 이번 달 수입…

방정민   (가쁘게 숨을 고르다 환희가 가득한) 승진이 다아아아아아앗!!!!

김혜진   (그래도 국장답게 침착함을 유지하며 총을 겨누고) 우리가 원하는 건 너희들의 기술이다. 순순히 우주선의 비행원리와 제작 기술을 넘기면 너희들의 생명과 안전은 보장…

어이가 없어 헛웃음이 나오는 권정미. 이우진도 상황이 너무 어이가 없어 덩달아 웃음이 나온다. 둘의 실없는 모습에 분노가 치민 김혜진.

김혜진   이것들이 죽어야 정신을 차리지!

방정민   맞습니다. 한국인의 매운맛을 보여주죠!

김혜진과 방정민의 각각의 총구를 둘에게 겨눈다. 그러나 이미 둘은 체념을 넘어 해탈의 경지까지 올랐다. 정미는 실실 웃으며 말한다.

권정미   나 인문계 나온 외계인이에요. 이 비행정이 어떻게 움직이는지 원리도 몰라요. 통역대학교 나왔는데 외계어나 가르쳐 드릴까요?

당황하는 요원 둘. 우진도 덩달아 웃는다.

이우진   (마치 보리수나무에서 득도한 석가모니와 같은 표정) 나는 한국인이고 고시 낭인예요.
김혜진   (절망하여) 이런!
방정민   (울먹이며) 시발!

절망하여 땅바닥에 주저앉는다. 그동안 외계인을 포획하고 그 기술을 탈취하기 위해 나라에서 얼마나 많은 예산과 인력을 퍼부었는가. 아… 생각을 해보니 비주류 부서라 별로 받지도 못했다.

김혜진   (분노가 폭발하여 방정민의 뒤통수를 아예 주먹으로 갈기며) 개새끼야! 네가 재수 없는 농담해서 이렇게 된 거잖아!
방정민   (진심으로 죄송해서) 죄송합니다!
김혜진   (살기 어린 눈빛으로 인구론 커플을 바라보며) 두 놈 다 사살해!

방정민   (일치단결한) 예!

두 요원을 인구론 커플을 향해 총구를 겨눈다. 최후의 순간. 정미
가 소리친다.

권정미   잠시만요! 죽기 전에 시간 좀 줘요!
방정민   뭔데?
권정미   제발요!
김혜진   (고민하다) 그래.

이우진에게 기습키스를 하는 정미. 우진은 당황하다 이내 페이스
를 맞춰 진한 키스를 주고받는다.

김혜진   (그동안 터프함은 어디로 가고 소녀와 같은) 어머… 어떡하니?
방정민   (감동하여) 국장님!
김혜진   응?
방정민   좋아합니다! 그동안 숨겨왔습니다! 하지만 이걸 보니 도
             저히 숨길 수 없습니다! 당신의 앙칼짐! 평생 당하고 싶습
             니다!

사이.
인구론 커플은 계속 진한 키스 중이다.

김혜진   (미친 듯이 당황하지만 처음으로 본 방정민의 사내다움에 반한) 자기
야…

순간, 키스로 인해 엔돌핀이 돈 이우진의 머릿속에 지금까지 한
번도 생각해낸 적이 없던 최고의 아이디어가 떠올랐다.

이우진   (회심의 표정) 저기요. 제가 모두에게 좋은 제안을 할게요.

김혜진   (하트 **뽕뽕**한 거 겨우 정신을 차리고) 뭐야?

권정미   (의아하여) 좋은 생각?

이우진   (썩은 미소) 한 번 들어보세요!

방정민   뭐길래?

요원 둘에게 무언가 차근차근 말하는 이우진, 그것은 절대 거부
할 수 없는 제안이었다. 권정미는 이우진의 생각에 감탄한다.

에필로그

인구론 커플은 각각 다른 공간에 있다. 정미는 국정원 강연장, 이우진은 취업센터에 있다. 김혜진과 방정민은 김혜진의 '렉시스 행정의 역사와 문화' 강연을 듣는데 말이 듣는 거지 서로 애정행각으로 바쁘다.

김혜진 존경하는 철밥통… 아니 한국 국정원 여러분, 요약하자면 렉시스 경제의 중심은 텔레포트 무역입니다. 이것을 완벽하게 파악하면 렉시스 행성뿐만 아니라 우주 외계문명의 니즈를 알 수 있죠.

달변으로 강연하는 김혜진. 이우진 역시 달변으로 외계인들에게 강의하는데 죄다 외계어라 뭐라 하는지 알아들을 수 없다. 우진의 뒤에는 외계어로 뭐라 한 줄 있고 밑에는 '지구 취업, 꿈이 아니다'라고 한글로 번역되어 있다.

권정미 (마무리하며 주먹을 꽉 쥐고) 한국도 할 수 있습니다!
이우진 (외계어로) 한국 취업! 성공할 수 있습니다.

우레와 같은 박수 소리가 들린다.

이우진   (귀에 낀 우주 통역 기계를 빼고 감탄) 와~ 다 들리고 말까지 되네. 이게 정미를 백수로 만들었구나.

권정미   (시공간을 초월하여 이우진에게 삐져) 뭐!?

이우진   (역시 시공간을 초월하여 웃으며) 과거형이야. (애정 가득) 자기야.

권정미   (좋지만) 흥! (관객들을 바라보며) 아! 드디어 청첩장이 나왔어요. 외주실 거죠? 우주 창조 이래 없었던 결혼식이에요! (씨익 웃으며) 축의금은 저희 부부의 철저한 사리사욕을 위해 쓰겠습니다!

이우진   (다시 귀에 우주 통역 기계를 끼고 오른손 검지에 끼여진 결혼반지를 외계어로 자랑한다.)

환호 소리. 소리가 잠잠해지면 우진과 정미는 서로를 애정 어린 눈으로 바라본다. 그렇게 둘은 서로의 인연을 찾고 서로의 가치를 알게 되었다.

막.

한국 희곡 명작선 111

인구론

초판 1쇄 인쇄일   2022년 11월 1일
초판 1쇄 발행일   2022년 11월 7일

지 은 이   최준호
만 든 이   이정옥
만 든 곳   평민사
　　　　　 서울시 은평구 수색로 340 〈202호〉
　　　　　 전화 : 02) 375-8571 / 팩스 : 02) 375-8573
　　　　　 http://blog.naver.com/pyung1976
　　　　　 이메일   pyung1976@naver.com
등록번호   25100-2015-000102호
ISBN　　 978-89-7115-051-1 04800
　　　　　 978-89-7115-663-6 (set)
정 　 가   7,000원

이 책은 사단법인 한국극작가협회가 한국문화예술위원회의 2022년 제5회 극작엑스포
지원금을 받아 출간하였습니다.